HOTEL DROUOT

Salle N° 11

Vente du 1er Décembre 1906

EXPOSITION

Le 30 Novembre 1906

COLLECTION MONTOYA

Tableaux Anciens

MINIATURES

Commissaire-Priseur

M° **RAYMOND PUJOS**

29, rue Maubeuge, 29

PARIS

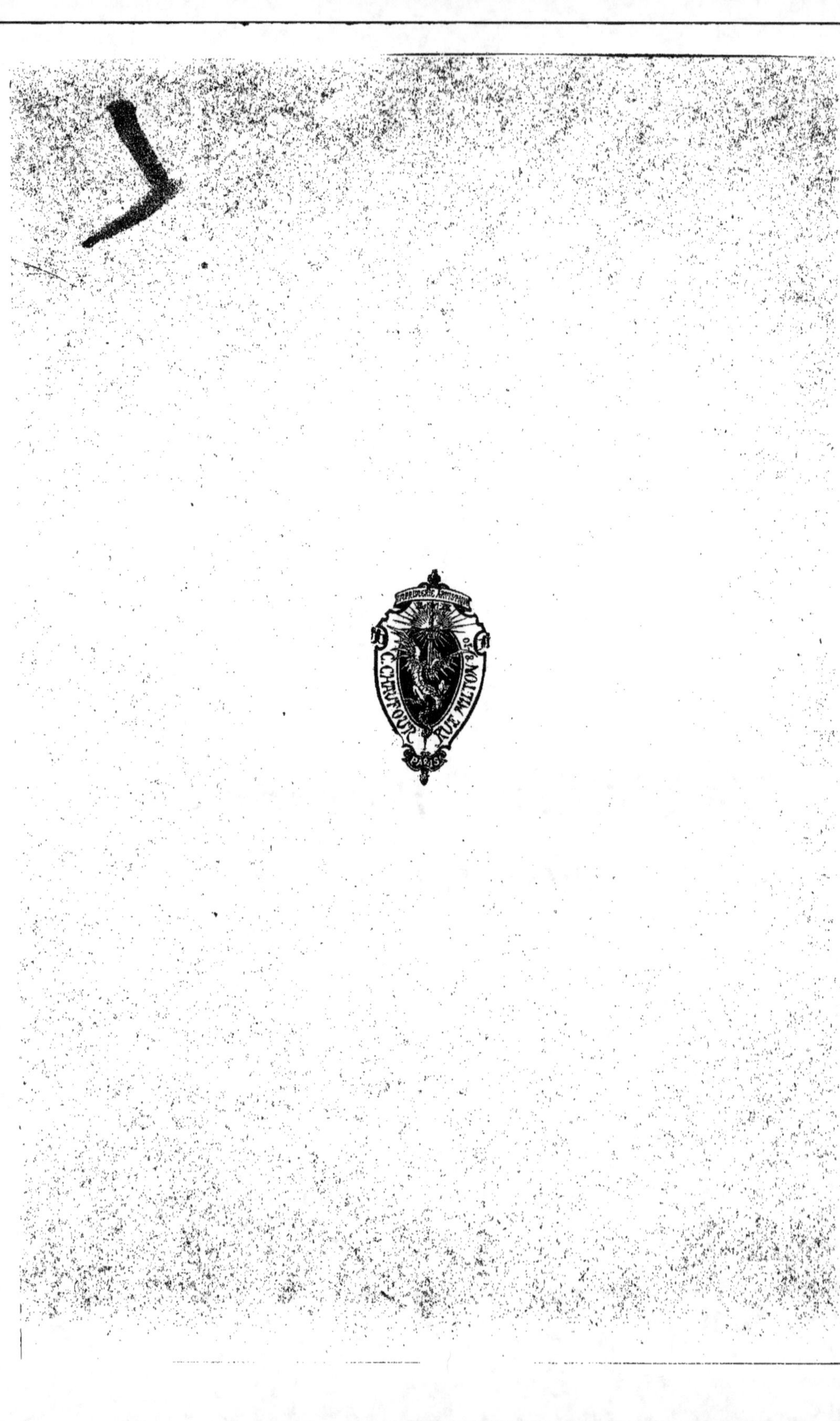

CATALOGUE

DES

TABLEAUX ANCIENS

Et de Miniatures

PROVENANT DE LA COLLECTION

DE

Feu M. MONTOYA

et dont la vente volontaire aura lieu à Paris

HOTEL DROUOT — SALLE N° 11

LE SAMEDI 1ᵉʳ DÉCEMBRE 1906

A DEUX HEURES

Commissaire-Priseur : Mᵉ RAYMOND PUJOS

EXPOSITION PUBLIQUE

Le Vendredi 30 Novembre 1906

DE 2 A 6 HEURES

Conditions de la Vente

Elle sera faite au comptant.

Les acquéreurs paieront 10 o/o en sus des enchères.

L'Exposition permettant au public de se rendre compte de la nature et de l'état des objets, il ne sera admis aucune réclamation une fois l'adjudication prononcée.

L'ordre numérique du Catalague sera suivi rigoureusement.

TABLEAUX

PASTELS, AQUARELLES, DESSINS, GRAVURES

MINIATURES

Par ou attribués à		*Sujets*
ECOLE ITALIENNE.	1	Sainte (cuivre).
ECOLE FRANÇAISE.	2	Scène de ferme gouache (cadre sculpté).
COUTURE (TH.).	3	Etude de femme (dessin).
ECOLE ANGLAISE	4	Musiciens écossais.
ANASTASI	5	Paysage sous bois (dessin).
LEBRUN.	6	Sujet biblique.
ECOLE FRANÇAISE.	7	Scène champêtre.
ECOLE ANGLAISE	8	Portrait de gentleman.
CRANACH (le jeune). . . .	9	Tête d'apôtre.
ALBERT DURER.	10	Allégorie de la guerre (eau-forte).
CARLE VERNET.	11	Sept aquarelles (sujets grotesques).
WILKIE	12	Etude de paysan.
ECOLE FRANÇAISE.	13	Vénus et Adonis.
ECOLE ANGLAISE	14	Marine.
BOULENGER (Hipolyte). . .	15	Sous bois, paysage d'automne avec figures.
DUGHET.	16	Paysage animé de figures.
COURTOIS	17	La Cène.
HAES (C. DE)	18	Paysage aux Asturies (Espagne).
HUOT (élève de DIAZ . . .	19	Paysage animé (cadre bois sculpté).

Par ou attribués à		*Sujets*
Couture (Th.)	20	Tête de jeune fille (cadre bois sculpté).
Plasencia (Casto)	21	Maternité.
Poussin	22	Paysage avec figures.
Poussin	23	Paysage avec figures.
Belloto	24	La Baie de Naples.
Tiépolo	25	La Résurrection, projet de son tableau du Vatican (dessin).
Zuccarelli	26	Paysage avec figures.
Ecole hollandaise	27	Scène de patinage sur champ de neige.
Teniers (le jeune)	28	Paysage animé de figures et animaux.
Ricard	29	Tête de vieillard.
Ricci	30	Scène allégorique.
Mazo (J.-B. del)	31	Pélerins au Sanctuaire.
Ecole flamade	32	Débarquement d'une armée hollandaise.
Ecole Française	33	Les Musiciens.
Ecole de Lancret	34	Scène galante (dessin cadre sculpté).
Daumier (H.)	35	Le Premier pas.
Claude Lorrain	36	Grand paysage avec figures.
id. id.	37	Grand paysage avec figures.
Rigaud (Hyacinthe)	38	Judith et Holopherne.
Ecole française	39	Paysage animé (gouache).
Hemessen (El. de Metsys)	40	Les Changeurs.
Ecole hollandaise	41	Les Campagnards.
Wynants	42	Paysage avec cavaliers.
Ecole hollandaise	43	Marine.
Ecole française	44	Petit pastel ovale : La fille au pigeon.
—	45	Petit pastel ovale : La fille au lapin.
Fragonard	46	Le sommeil interrompu (gouache).
Nattier (père)	47	Portrait de la duchesse de Villars.

Par ou attribués à		*Sujets*
GUARDI	48	La place Saint-Marc à Venise.
GRECO (le)	49	Sainte en extase avec un crucifix entre les mains (cadre sculpté).
SIMON VOUET	50	La nativité.
CLAUDE LORRAIN	51	Paysage avec figures.
GOYA	52	Etudes de trois têtes pour son grand tableau : La famille de Charles IV.
ECOLE FRANÇAISE	53	Le repos galant.
DROUAIS	54	Portrait du Dauphin avec un cerf-volant.
ROMNEY	55	Portrait de James Fox.
ECOLE FRANÇAISE	56	Portrait du sculpteur Calleux et de sa femme (pastel) (cadre sculpté).
SALVATOR ROSA	57	Paysage avec figures (cadre sculpté).
VELASQUEZ	58	Portrait de Dona Marie Anne d'Autriche.
ZURBARAN	59	Sainte Cécile jouant le clavecin.
LANCRET	60	Portrait d'homme au turban.
LAWRENCE	61	Portrait de Mme Norton.
ECOLE DE RUYSDAEL	62	Paysage.
SANCHEZ COELLO	63	Petit portrait de jeune homme (ovale).
ECOLE FRANÇAISE	64	Petit portrait ovale de femme.
HOGARTH	65	Petit portrait d'homme (cuivre).
id.	66	Petit portrait de femme (cuivre).
RIBERA (Ecole de)	67	Saint-Pierre.
LARGILLIÈRE (Ecole de)	68	Portrait d'homme.
WOUVERMANS (Ecole de)	69	Partie de chasse.
CAMPIDOGLIO	70	Fruits.
RUBENS (D'après)	71	Portrait de femme.
TIEPOLO (Ecole de)	72	Tête d'apôtre.
TÉNIERS (D'après)	73	Les buveurs.
WILSON	74	Deux paysages.
AUGUSTIN	75	Diane endormie (miniature).

Par ou attribués à	*Sujets*

ECOLE FRANÇAISE. . . . . 76 L'Enfant au chapeau miniature du XVIIIe siècle.

— . . . . . 77 Portrait de femme (époque Empire).

ECOLE ANGLAISE . . . . . 78 Portrait de femme (miniature-gouache).

ECOLE FRANÇAISE. . . . . 79 Petite miniature, portrait de femme (époque Empire).

— . . . . . 80 Portrait de femme, miniature époque L. XVI. Double cadre avec gravure au dos.

ECOLE ANGLAISE . . . . . 81 Portrait de femme, miniature ovale.

COSWAY . . . . 82 Portrait de l'amiral Johnsthon, miniature.

ECOLE ANGLAISE. . . . . 83 Portrait de femme, miniature.

ECOLE ITALIENNE. . . . . 84 Sainte en extase (miniature).

— . . . . . 85 Portrait du Dante (miniature).

ECOLE FRANÇAISE. . . . . 86 Boîte ivoire, miniature, portrait de jeune fille.

— . . . . 87 Boîte ivoire, avec fixé, scène, port de mer.

— . . . . 88 Portrait d'enfant (miniature).

— . . . . 89 Pendentif avec miniature, portrait de jeune fille.

— . . . . 90 Pendentif avec miniature, portrait d'homme.

— . . . . 91 Portrait de femme, miniature, (Cadre Louis XV).

— . . . . 92 Boîte ivoire, portrait de femme, miniature (époque Empire).

— . . . . 93 Buste de femme, en émail, (cadre rond).

Par ou attribués à	*Sujets*
ECOLE ANGLAISE	94 Médaillon avec miniature, portrait de femme, au dos, cheveux et monogramme or et perles.
—	95 Médaillon, miniature, portrait d'homme.
—	96 Miniature, vieille femme.
—	97 Médaillon avec turquoises, portrait du capitaine Hanson (miniature).
ECOLE FRANÇAISE.	98 Pendentif avec perles fines (miniature en émail).
ECOLE ANGLAISE.	99 Portrait de Mrs Hauson (aquarelle).
ECOLE FRANÇAISE	100 Jacob y Laban (miniature).
ECOLE ANGLAISE.	101 Portrait du duc de Bedford (miniature en écran).
WICHE	102 Portrait du comte d'Orsai.
—	103 Portrait de Mme d'Orsai.
ECOLE DE LANCRET . . .	104 Scène pastorale (dessin).

www.ingramcontent.com/pod-product-compliance
Lightning Source LLC
LaVergne TN
LVHW021620170726
843501LV00010B/4079